Le Boy de Marius Bouillabès

Texte et Illustrations

de

A. Vimar

Édition : BoD · Books on Demand, 31 avenue Saint-Rémy, 57600 Forbach, bod@bod.fr
Impression : Libri Plureos GmbH, Friedensallee 273, 22763 Hamburg (Allemagne)
ISBN : 978-2-3224-7845-3
Dépôt légal : Juin 2025

Le Boy de Marius Bouillabès. Texte et dessins de a. Vimar, H. Laurens, éditeur.

Le Boy

de

Marius Bouillabès

TABLE DES CHAPITRES

Les vices de Jingo. — Ses ruses machiavéliques.
— Son départ précipité.

CHAPITRE V

Le retour du capitaine Marius Bouillabès. — Ses
aventures dans l'Inde

CHAPITRE VI

Bottes secrètes. — Au temple de la déesse Durga

CHAPITRE VII

Le singe voleur

CHAPITRE VIII

Chez lord Lasiesbury. — Syncope

CHAPITRE IX

La clef de l'énigme. — Angoisse finale

A ma nièce

JACQUELINE

CHÉRUIT

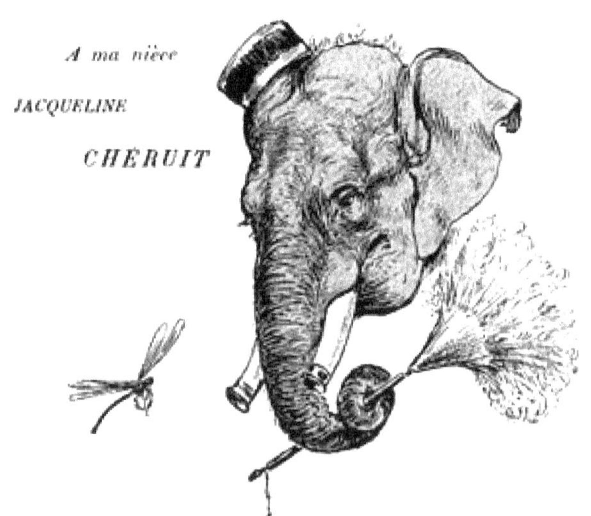

À ma nièce

JACQUELINE

CHÉRUIT

Ma chère Jacqueline,

En te dédiant ce petit livre je souhaite qu'il t'amuse un moment. Sois bien certaine que les animaux nous comprennent mieux que nous ne les comprenons ; que de la bonté, et de la sollicitude qu'il faut toujours avoir pour eux, ils nous ont une reconnaissance plus grande, une amitié plus sûre que celle qu'on pourrait attendre souvent des humains. Il est heureusement des exceptions à cette règle. Toutefois, ma mignonne, lorsque tu seras maîtresse de maison, dans l'Inde même si tu y allais un jour, garde-toi bien de prendre jamais à ton service un éléphant.

Ton Oncle qui te chérit,

AUGUSTE VIMAR.

———

Le Boy de Marius Bouillabès

—

CHAPITRE I

CAUSERIE SUR L'INTELLIGENCE DES ANIMAUX VIVANT DANS NOTRE DOMESTICITÉ — ANECDOTES

Nous terminions le dessert, déjà la chaleur des vins généreux qui n'avaient cessé de couler pendant tout ce repas d'adieu se répandait sur notre verve toujours croissante. Les conversations se croisaient, les bons mots jaillissaient à tous propos, notre humeur de plus en plus joyeuse se mariait à la gaieté la plus vive et la plus franche.

Tout à coup, sous une pression brusque, et en coup de vent, la porte de la salle à manger vint à céder donnant accès à un caniche noir trapu, fraîchement barbifié, tenant dans sa gueule un assez volumineux paquet. « Mousse ! » « Mousse ! » c'était « Mousse », la chienne aimée de notre ami Gusson qui entrait, apportant au maître son courrier. Sans jamais semer une lettre en route, l'intelligente bête faisait plusieurs fois par jour le même service ; il lui était rémunéré, il est vrai, par des friandises (du sucre, de préférence), dont elle raffolait.

Elle fut accueillie par un tollé d'admiration ; les gais convives la comblèrent de gâteries. Son entrée, naturellement, amena la causerie générale sur les animaux vivant dans notre domesticité.

« Je tiens pour certain, dis-je alors, qu'il n'est personne qui ayant possédé un chat, un chien, un cheval, un singe, un perroquet ou toute autre bête, n'ait découvert chez son inférieur ami des qualités extraordinaires, tout au moins curieuses et souvent intéressantes.

« Combien de fois avez-vous entendu raconter les prouesses d'un animal, les prodiges de son intelligence, le mérite de ses talents, voire même de ses vertus ?

« Naguère encore, vous souvient-il de ce chimpanzé « Consul » qui faisait courir tout Paris et rapportait à son propriétaire de vingt à trente mille francs par mois ? Il allumait et fumait la pipe comme un vieux loup de mer, conduisait son automobile en maître chauffeur, on assure même qu'il soupa un soir de centième à la même table qu'un académicien et se comporta toujours et partout en parfait gentleman. Que de livres charmants furent écrits par des philosophes sur les exploits de toutes ces chères bêtes.

« Mais voici qu'à l'agréable on s'efforce de joindre l'utile : un courrier des États-Unis nous relate qu'un propriétaire vient, le premier, de tenter l'utilisation rationnelle des quadrumanes. De l'Amérique centrale en Californie, il s'est fait envoyer cinq cents singes à queue prenante pour cueillir les prunes de son verger.

« En outre que le sapajou a sur l'ouvrier l'immense avantage de pouvoir se passer d'échelle pour grimper aux arbres sans en briser les branches, pendu par la queue, les quatre mains libres, il peut en détacher les fruits avec une promptitude et une dextérité inimitables.

De costume ni salaire il n'est besoin de se préoccuper, et déjà là quelles économies ! Seuls, le gaspillage et les provisions en abajoues seront à surveiller de près, ce me semble.

Un petit singe suis un éléphant qu'il tient par la queue

« Du singe à l'éléphant, il n'y a qu'un pas.

Deux chiens, un minuscule et un plus gros

« J'ai là toute présente en mémoire l'histoire tragi-comique

survenue à un de mes amis qui possède à Menton une

Le boy de Marion Bouillelais

merveilleuse propriété dominant le paysage de la rade, et d'où la

vue sans obstacle peut s'étendre à l'infini. Cet homme d'esprit, original et primesautier s'il en fut, après avoir essayé de toutes les races canines, du terrier au molosse, ne parvenait pas à se protéger des voleurs dont il recevait trop souvent la visite ; ses bois, infestés de vauriens, étaient devenus de vrais repaires de brigands.

« Il eut un jour l'ingénieuse idée de se faire envoyer de Bombay un jeune mais très farouche pachyderme, une tête brûlée d'éléphant, qui fut pendant deux grands mois la terreur du quartier.

« Ce robuste garde champêtre, laché dès la nuit tombante, faisait des rondes aussi rapides que scrupuleuses, fouillant tout et partout, la trompe levée, les oreilles au vent, il arpentait à grands pas les allées, les pelouses, les taillis, les bois, barytonnant et trompetant sans cesse et du plus loin qu'il flairait quelque étranger. En vain les malfaiteurs cherchèrent-ils à s'en débarrasser en lui tendant des pièges savants auxquels ce fin limier ne se laissa jamais prendre ;

ils firent même feu sur lui à plusieurs reprises, mais, sur ce boulet roulant, le plomb glissait comme du sable sur une balle élastique. Mon ami se félicitait tous les jours d'avoir trouvé un tel gendarme si parfait pour sa sauvegarde.

« Hélas ! cela ne devait pas durer ; un beau matin, ses gens tout apeurés vinrent le prévenir qu'un bois de pins avait été complètement détruit et mis à sac. Deux cents arbres environ étaient là couchés à terre pour ne plus se relever ; piétinés, broyés, hachés, comme l'eût été par la grêle un champ de haricots.

« C'était à n'y pas croire. Le petit éléphant, quoique fort jeune, était déjà un hercule ; sa force accrue par l'exaspération que lui causa un projectile, cette fois bien envoyé, et qui s'était logé dans le gras de son pantalon, l'avait mis au comble de la fureur. En un clin d'œil, il anéantissait un des plus jolis coins de la propriété de mon ami.

« Ce fut avec une peine infinie que son cornac lui fit entendre raison ; il ne voulait rien comprendre, rien savoir ; serrant dans sa trompe un tronc de pin arraché, il brandissait cette énorme massue, tapait à tort et à travers et menaçait quiconque faisait mine de l'approcher. Peu à peu enfin, on le calma par de douces paroles, par des friandises, et, le soir venu, solidement garrotté, il fut expédié par grande vitesse à

Hambourg, je crois, chez un célèbre dompteur de bêtes féroces.

« Le bois de pins ainsi mis en miettes fut acheté par un boulanger qui en chauffa pendant de longues années son four à pain. »

———

CHAPITRE II

L'ÉDUCATION DE L'ÉLÉPHANT DOMESTIQUE
LE PETIT JINGO

« Vous avez bien raison », dit à son tour le capitaine Marius Bouillabès, de Marseille, dont nous célébrions le départ à nouveau par ce dîner d'amis, « il est parfaitement vrai qu'on ne saurait trop vanter l'intelligence de l'éléphant domestique. Mais que sont ces histoires à côté de celle de mon boy Jingo ?

« Vous pouvez croire tout ce qu'on vous racontera là-dessus, même les choses les plus fantastiques, les plus invraisemblables.

« Tenez, pour ma part, j'ai acquis, par une longue expérience et trente ans de séjour dans l'Inde anglaise, la conviction que l'éléphant indien est un animal éminemment perfectible, perfectible, pour ainsi dire, jusqu'à l'infini.

« À la condition, bien entendu, qu'on veille sur lui très attentivement, qu'on le pénètre de bons principes, et qu'il n'ait sous les yeux, comme un enfant, que de beaux et nobles exemples.

« Nulle éducation n'exige plus de douce, d'assidue vigilance. Mais c'est dès l'âge le plus tendre qu'il convient de lui inculquer d'abord les principes d'une bonne éducation.

« Sitôt sevré de sa mère, quitte à le nourrir pendant quelques mois encore au biberon, il est indispensable, m'entendez-vous bien, de l'isoler très rapidement de tout contact éléphantin et de le familiariser ainsi dans la société de l'homme avec lequel il doit passer sa vie.

« C'est dans cette toute première phase de sa croissance, extrêmement intéressante pour l'observateur érudit et attentif, que le rondelet chérubin manifestera le germe de ses aptitudes. On pourra déjà deviner dans ce caractère embryonnaire s'il sera doux ou violent, actif ou nonchalant, dévoué ou égoïste, sobre ou gourmand, enfin ce qu'il sera définitivement un jour.

« Tant que l'éléphant est de taille exiguë et conserve les grâces de l'enfance, on peut l'utiliser très heureusement comme « chasseur », comme groom, après quelques

exercices, tels ceux en usage pour l'éducation d'un jeune chien d'arrêt qu'on dresse au rapport d'une pièce de gibier.

« Confiez-lui certaines commissions, donnez-lui à porter des petits messages, et en rapporter aussi, il s'acquittera à merveille de ces ambassades où il s'agit avant tout de plaire.

« Que de fois, moi, capitaine Marius Bouillabès, qui vous parle, n'ai-je pas envoyé mon petit Jingo en missions délicates ! On l'accueillait, je dois dire, bien mieux que moi-même, le gorgeant de friandises, de douceurs, lui nouant des rubans de satin vert, rose, bleu ou jaune à la trompe, le pomponnant, le cajolant, en un mot on se livrait sur lui à mille folies charmantes. Et, quand Jingo revenait à la maison, je respirais comme un sachet son cuir un peu rugueux, son cuir tout imprégné de parfums exquis.

« Quand l'éléphant commence à atteindre un âge un peu plus mûr, il importe de lui choisir une carrière selon les aptitudes devinées en lui, sera-t-il cocher ou jardinier ? cuisinier,

majordome ou valet de chambre ?

Quelle prestesse pour porter les plats.

« Je déclare hautement qu'il excelle plus généralement au service d'intérieur.

« Il s'entend comme personne au monde à parer de fleurs une table, à dresser l'ordonnance d'un dîner. Quelle prestesse pour passer les plats, déboucher les bouteilles, servir à boire ! Avec quel tact, quelle délicatesse de doigté, allais-je dire, mon brave Jingo, à la fin des grands repas, nous ramassait sous la table, mes bons amis et moi, et nous portait chacun dans son lit sans jamais se tromper. Quel est le serviteur, quel est l'esclave qui eût accompli aussi gravement, aussi dignement le même office ?

« Les fils de Noé furent-ils toujours aussi respectueux pour leur père ? Vraiment non…

« Empressé sans bassesse, poli sans obséquiosité, discret, actif, dévoué, vraiment Jingo, à cette heure de sa vie, se gagnait tous les cœurs ; ce n'étaient qu'éloges sur son compte, j'en étais ravi autant que flatté, et je me félicitais tous les jours d'avoir ainsi remplacé cette armée de valetaille dont tout Européen qui se respecte est obligé de s'encombrer dans l'Inde, pour se faire d'ailleurs très mal servir.

« Jamais je ne trouverai un boy qui le vaille pour tirer les bottes si adroitement, pour coiffer, friser, raser, masser, tuber, doucher…

« Dès que je sautais du lit le matin, je m'abandonnais entre ses mains, je veux dire sa trompe. Une heure après, j'étais prêt à sortir astiqué et net comme une guinée neuve.

« Ah ! ces cinq années furent comme un âge d'or. À peine si, de loin en loin, quelque accident…, mais je pardonnais de grand cœur, devant un ensemble de qualités aussi parfaites.

« Cependant, il y a une règle à tirer de tout.

« Aussi, ne conseillerai-je jamais d'employer l'éléphant pour les déménagements ; il arrive, en ce cas, que son extrême bonne volonté est trahie par sa force excessive. C'est ainsi que je perdis un superbe piano à queue.

« Jingo, après l'avoir placé et chargé sur ses épaules, partit d'un pas trop délibéré, il accrocha d'abord le grand lustre en cristal de mon salon, le mit en miettes, renversa tout ce qui se trouvait sur la cheminée et continua sa marche sans rien remarquer, puis il voulut passer quand même par une porte moins large que mon Pleyel, dont tout le couvercle et l'avant-train restèrent empêtrés dans les chambranles, la table d'harmonie rompue en trois morceaux, il ne demeura à peu près intact que la lyre et les deux pédales. Plein de confusion, Jingo me les apporta dans la cour où je l'attendais non sans angoisse. »

CHAPITRE III

LES QUALITÉS DU BOY JINGO. — ANECDOTE PIQUANTE

« En dépit de ses étourderies, mon éléphant domestique fut, vous dis-je, le meilleur des serviteurs pendant cinq ans.

« Mais, un de nos écrivains les plus célèbres, La Bruyère, n'a-t-il pas observé que : « Il y a dans l'art un point de perfection, comme de bonté ou de maturité dans la nature. » Il en va de même dans l'éléphant domestique.

« Un jour, je m'aperçus, en effet, que mon brave Jingo avait sensiblement changé, et que ses plus précieuses qualités s'étaient altérées jusqu'à devenir presque des vices.

« Cette transformation, d'ailleurs, je la considère aujourd'hui comme fatale. D'un point de vue opposé au nôtre, elle est un progrès et une manière d'avancement en grade dans la carrière d'un domestique.

« Mon brave Jingo, jadis si aimablement docile, en était
devenu à ne plus pouvoir accepter un ordre sans
l'accompagner de quelque froide et muette insolence.

« Oh ! ses hochements de tête, ses airs entendus, ses lippes de dédain, ses clins d'yeux effrontés de vieux valet de comédie ! Et surtout sa trompe ! Quel nez !

« À ce propos la sienne était d'une belle venue et d'une élasticité peu commune.

« Dès les premiers jours de sa rentrée chez moi et après les premiers préliminaires d'éducation que je m'efforçais de lui inculquer, je le laissais s'amuser pendant quelques heures entre chaque exercice.

« Tout joyeux, il sortait dans le jardin, gambadait, folâtrait, se roulait dans les allées comme aussi dans les plates-bandes, cueillait par-ci, écrasait par-là, fouinait partout. Mal lui en prit un jour, car, très curieux de sa nature, cherchant constamment à s'instruire, il avait observé, depuis quelques jours, à travers la barrière à clairevoie qui me séparait de mon voisin, il avait observé, dis-je, une série de ruches à miel qui l'intriguaient et dont il ne s'expliquait pas très bien la raison ni le fonctionnement. Ce bourdonnement continuel, ces nuages de mouches allant et venant sans cesse sans qu'il en soit plus incommodé, sans qu'une d'elles ne vienne se poser sur son dos, combien différaient-elles de ces autres diptères qui le piquaient constamment et dont il avait sans cesse à se garantir par des moulinets de trompe ou de queue.

« Voulant se rendre compte de plus près du minuscule village qu'il avait devant les yeux, notre voisin étant absent à cette heure, il en profita pour assouvir sa curiosité, et, tendant très fortement sa trompe, réussit à renverser maladroitement l'une des ruches.

Aussitôt, il fut assailli par l'essaim furieux qui se rua tout entier sur lui et lui infligea, malgré l'épaisseur de sa peau, des piqûres profondes et cruelles. Ce fut à grand'peine qu'il parvint à se débarrasser de ces belliqueux parasites.

« Il se vautrait dans la poussière, soufflait comme une baleine ; en quelques instants, sa trompe enfla à éclater, prenant des proportions vraiment inquiétantes. Ce n'était plus une trompe, mais un véritable tronc de palmier géant qui pendait vissé entre ses petits yeux boursouflés. Les oreilles en éventail, il était méconnaissable et effrayant à voir.

« Attiré par ce vacarme inaccoutumé, à sa vue, je compris bien vite de quoi il s'agissait, et je me hâtai de le frictionner avec de l'ammoniaque et d'autres antiseptiques, mais, malgré la promptitude de mes soins, il demeura ainsi durant plusieurs jours absolument défiguré et hideux.

« Avez-vous jamais réfléchi à ceci que le nez est un des organes dont l'homme tire le plus grand nombre de gestes de mépris ? Depuis l'Arabe qui renifle quand passe un roumi, jusqu'au cocher de Paris saluant en passant un confrère ennemi ; toutes les races, toutes les classes ont usé de cet appendice pour exprimer leur manque de considération.

« Si le nez humain offre tant de ressources, jugez, mes bons, des effets que peut fournir une trompe !

« Ainsi, lorsque, avec Jingo, j'entrais dans des explications un peu détaillées, il avait une façon, un air supérieur de m'interrompre qui signifiait clairement qu'il se moquait sourdement de moi.

« Ou bien, quand je lui donnais divers ordres pour la journée, il manifestait son impatience en tic à l'ours, par une sorte de dandinement de tout le corps, ses yeux fixés sur les miens me jetaient une lueur sarcastique. Je l'entendais, il me semblait l'entendre murmurer des grossièretés ou des impertinences.

« Bientôt, j'eus à constater que mes boîtes d'excellents cigares se vidaient avec une rapidité sinistre ; il en était de même de mes fioles d'eau de toilette ; Jingo était devenu coquet.

« J'étais obligé d'avoir continuellement l'œil sur lui, de le surveiller comme un enfant terrible. Dès qu'il s'éloignait de moi et que je ne lui entendais plus faire de bruit (car il était toujours fort remuant), je pressentais qu'il devait se livrer à une nouvelle sottise, et ça ne manquait pas. Alors je le surprenais en flagrant délit. Un matin, ne le trouvais-je pas en train d'ébrécher mes fins rasoirs sur son rugueux et sale cuir gris !

« Les malheurs à prévoir ne tardèrent pas à arriver.

« Bientôt, cet enragé animal du diable me joua des tours d'une malice noire et raffinée. »

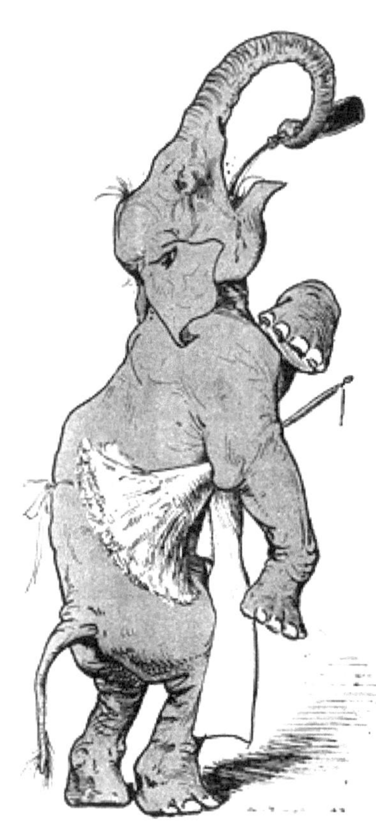

CHAPITRE IV

LES VICES DE JINGO. — SES RUSES MACHIAVÉLIQUES. — SON DÉPART PRÉCIPITÉ

« J'ai pour ami le gros major Mufalow, qui est à ses heures le plus insupportable, le plus damné mystificateur de tout le Royaume-Uni, qui en compte quelques-uns. J'emploie donc à le fuir toute la ruse que la bienveillance du sort déposa en moi. Voilà qu'un soir, rentrant dans mon home, contre mon habitude, à l'heure du five o'clock tea, je trouvai les débris d'un lunch, deux ou trois bouteilles de porto vidées, les compotiers emplis de noyaux de fruits, et mon joli canapé en bambou à moitié crevé. Saisi, je me tourne vers Jingo, il me tend une carte où je lis : « Major Mufalow ».

« Connaissant de longue date la voracité, l'ivrognerie et le sans-gêne de cet ami, ma surprise tomba, et la joie de n'avoir pas rencontré ce buffle humain me consolait à demi des désastres qu'il avait semés derrière lui.

« Mais la même aventure se renouvela à plusieurs reprises et à intervalles rapprochés ; si bien qu'ayant rencontré le major à la promenade, je marchai vers lui et le traitai de vieux muid, d'ignoble Falstaff, de glouton éhonté, lui ordonnant de s'en aller ailleurs que chez moi emplir son horrible futaille de ventre.

« Il m'envoya d'abord un terrible coup de poing sur le nez qui me fit voir cent mille lumières, puis, le surlendemain, un coup de sabre qui manqua me détacher du corps l'épaule gauche.

« Je reconnus aussitôt mon grave tort d'avoir accepté, pour une fois, ce singulier mode de duel.

« On se réconcilia sur le terrain, puis on causa et la vérité atroce apparut enfin :

« Le major n'était venu chez moi qu'une seule fois, avait laissé sa carte sans même entrer, tout le reste n'était qu'une machination de Jingo, qui avait estimé ingénieux de s'offrir, à prix réduit, des goûters fins au moyen de la même carte de visite qu'il me remettait chaque fois sous les yeux.

« Que pensez-vous de l'anecdote ?

« Quand je le revis, ce malsain animal, je crois que n'eût été mon bras malade, je l'eusse tué moi-même à coup de garcette.

« Je fus trois mois à me guérir.

« Jingo, après une série noire de sottises variées, s'en permit une dernière, qui mit le comble à ma fureur.

« Est-ce qu'une nuit, rentrant assez tard chez moi, je n'eus pas la suffocation de trouver ce grand animal ivre comme une grive gavotte, et couché dans mon lit, dans mon propre lit, dans le lit du capitaine Marius Bouillabès, oui, mon bon ! Couché sur le dos, les pieds en l'air, la tête enfoncée dans mes coussins, et suant à grosses gouttes ! Oh ! si j'eusse eu un revolver sous la main, je le brûlais sans remords.

« Je ne pus l'attaquer, hélas ! qu'avec le bout pointu de mon épingle de cravate que je faussai et dont je lui piquai le ventre de toutes mes forces. Il finit par secouer son immonde sommeil, lança sa trompe au ciel de lit pour y prendre un point d'appui et se relever. Mais voici que les rideaux, les lambrequins et une partie du plafond, tout s'écroula sous son effort brutal et démesuré.

« Je reçus trois briques sur la tête, une poutrelle sur les reins, un clou dans l'œil droit et faillis demeurer étouffé sous les décombres,

« C'en était vraiment trop.

« L'évidence m'apparaissait peu à peu de cette loi générale que je formulai ainsi :

« Passé un certain âge, l'éléphant domestique n'est plus bon qu'à faire un concierge.

« Je cherchai donc à caser Jingo dans une loge lointaine, lorsqu'il me délivra de ce souci ainsi que de sa présence, en prenant un beau soir la fuite, m'emportant, il est vrai, dans un sac de nuit, une foule de menus objets, mais heureusement sans importance. D'ailleurs je fus si heureux d'en être ainsi une bonne fois débarrassé, que, m'aurait-il emporté un objet de valeur, je ne l'aurais jamais rejoint pour le ravoir.

« S'il est difficile de se procurer un éléphant, croyez bien qu'il est encore plus difficile de s'en défaire, surtout dans les conditions où se trouvait le mien… »

Sous le charme de la conversation et aussi des contes fantastiques de notre ami le capitaine Marius Bouillabès, de Marseille, la soirée s'était longuement prolongée. À regret, nous songeâmes pourtant à nous séparer. On porta un dernier toast d'adieu au bon capitaine que nous fêtions et qui, le lendemain, repartait pour faire une nouvelle croisière dans l'Inde.

INDIAN
COMPLE

CHAPITRE V

LE RETOUR DU CAPITAINE MARIUS BOUILLABÈS. SES AVENTURES DANS L'INDE

Trois ans s'étaient écoulés déjà ; mes amis et moi étions sans nouvelles du brave capitaine Bouillabès. Nous parlions bien souvent de lui et, le sourire sur les lèvres, nous aimions à nous remémorer ses récits fantastiques qui sont le stigmate du bon méridional. Très anxieusement, on se demandait ce qui avait bien pu lui arriver encore d'extraordinaire ; d'autant qu'un silence si prolongé de sa part nous paraissait tout à fait anormal.

Nous espérions toujours nous le voir arriver un beau matin.

Un soir, flânant sur les boulevards, je crus rencontrer son spectre, c'est le mot. Arrêté devant un magasin de sellerie, un personnage au teint hâve, coiffé d'un casque des colonies, la peau collée sur les os, le dos voûté sous un complet blanc irréprochable et portant un singe sur le bras, était là attentif, cherchant je ne sais quoi dans tout cet étalage de selles, de brides, de fouets, de sticks, de colliers, de laisses, etc…

Je m'approchai de lui et, regardant moi-même dans la vitrine qui faisait miroir, je contemplai mon voisin. Il ne fut pas longtemps à s'apercevoir de mon petit manège et, m'ayant subitement reconnu, il me tendit affectueusement la main ; son singe fit aussitôt de même.

« Vous voilà donc enfin, mon cher capitaine ? et depuis quand rentré ? Ce n'est vraiment pas gentil à vous de nous avoir pendant si longtemps privé de vos nouvelles. Vous ne nous aviez pas habitués à un tel mutisme… Vous, toujours si joyeux, si vibrant !!!

— Ah ! mon bon ! si vous saviez le purgatoire que je viens d'endurer pendant ces trois années ! Et les yeux du brave homme s'attendrirent tristement.

— Mais, mon pauvre Marius, que vous est-il donc arrivé ? En effet, vous me paraissez souffrant et un peu amaigri ; c'est ce climat, sans doute, qui ne vous convenait pas ? Nous voici à deux pas de mon cercle ; vous seriez gentil de m'y accompagner. Voulez-vous ? Nous causerions

Un personnage au teint hâve, était arrêté devant un magasin de sellerie.

Un personnage au teint hâve, était arrêté devant un magasin de sellerie.

commodément, il y a si longtemps que cela ne nous est

arrivé » ; et, ce disant, nous entrions dans la rue Volney.

Sitôt installés, rafraîchissements servis, le capitaine Marius Bouillabès allumant un énorme havane, commença ainsi le récit de ses mésaventures :

« Dès mon arrivée dans l'Inde, il ne se passa de jour qui n'amenât dans mon existence quelque tragédie ou quelque incident saugrenu.

« Il semblait qu'une fée néfaste s'était attachée à mes pas pour me rendre la vie insupportable. Les Euménides, dont nous eûmes au collège des occasions répétées d'entendre conter les méfaits, ne déversèrent jamais sur les Atrides autant de malheurs que je n'en reçus moi-même sur la tête ; c'étaient de fort douces personnes sans mentir en comparaison de la Furie qui s'était attachée à mes pas.

« Votre vieille amitié m'épargnera le douloureux supplice de me remémorer mes inqualifiables malheurs. Je me bornerai à vous citer le dernier d'entre tous et vous comprendrez alors ma fatigue, ma décrépitude, mon désespoir. »

CHAPITRE VI

BOTTES SECRÈTES. — AU TEMPLE DE LA DÉESSE DURGA

« J'étais depuis quelque temps dans Allah-Abad, lorsque je fus, par suite de circonstances diverses, envoyé en mission quasi diplomatique. Quelle était-elle ? cela importe peu à mon récit ; le devoir professionnel m'empêche de vous donner à cet égard des détails d'ailleurs oiseux ; qu'il vous suffise d'apprendre que j'étais chargé de remettre à qui il importait des documents de la plus haute valeur et qui devaient parvenir à leur destinataire dans le plus grand secret. Il est utile de dire qu'une faction d'intérêts opposés devait faire son possible pour que je ne puisse arriver à bon port.

« Des ruses d'apaches devaient être employées de part et d'autre ; il fallait que mon départ fût secret. Je quittai donc, pour égarer toute piste, la bonne et confortable chambre n⁰ 47 que j'occupais au Great Eastern Hôtel ; je disparus pendant quelques jours dans un taudis, en faisant tous mes préparatifs.

« La question la plus difficile était de placer en lieu sûr les précieux documents. Je pouvais m'attendre à toutes les trahisons, à toutes les perfidies. Mes bagages ne pouvaient pas être assez garantis, non plus même que ma personne. Je me décidai à faire placer ces papiers dans les semelles de mes bottes.

« Ah ! mon ami, combien ces bottes étaient dignes de contenir, de protéger, de cacher pareil dépôt. Faites, quant à la claque, de fin poulain, elles avaient des tiges en peau de crocodile que j'avais moi-même tué sur les bords du Gange, et ces tiges se reliaient à la claque en de délicieuses arabesques du meilleur goût. Un cordonnier anglais d'une honnêteté scrupuleuse et dans lequel ma confiance était sans borne, fut chargé de placer entre la double semelle l'important document.

« Le matin du jour où il devait me rendre ce curieux portefeuille, je reçus, à ma grande surprise, je dirai plus, à ma profonde terreur, la visite du pauvre ouvrier navré de m'avouer qu'au moment même où il allait envelopper les bottes qu'il devait me rapporter, elles avaient subitement disparu de l'étagère sur laquelle il les avait placées.

« Ce fut pour moi un effondrement.

« Je bondis dans la rue pour aller narrer cet événement néfaste à mes commettants, quand, tout à coup, sur une place publique, je vis ma botte gauche pénétrer rapidement dans un fiacre chargé de bagages ; je me précipitai dans un

cab, je promis au cocher les mines de Golconde, les trésors
du Schah de Perse, le Koh-i-Noor, le Grand Mogol… et

quelque chose de plus encore, s'il parvenait à rattraper la
voiture qui détalait devant nous.

« Qui jette de la poudre aux yeux n'aveugle pas toujours son monde.

« Le cocher me regarda d'un air ahuri, dodelina de la tête, et, par une mimique expressive, me fit comprendre qu'il me croyait fou.

« Alors, je lui promis deux shillings de pourboire et il partit à fond de train.

« Cet incident m'avait fait perdre un temps précieux ; mais les bagages dont l'autre voiture était chargée nous avait permis de ne pas la quitter des yeux.

« Nous arrivâmes à la gare quelques instants après elle ; je sautai de mon cab, je gravis en deux bonds les degrés de la salle des pas perdus, je glisse sur une peau de banane, je tombe sur le nez, me relève et prends ma course furibonde.

« Pendant ce temps, le cocher, que je n'avais pas payé, appelait la garde ; les employés, me voyant couvert de sang dont mon nez ruisselait, criaient à l'assassin ; les femmes, les enfants, les chiens s'apeuraient, et moi, toujours courant comme un possédé, je m'embarrassai dans les valises et j'arrivai sur le quai de la gare pour voir ma botte droite monter dans un sleeping-car. Le train, à cet instant, s'ébranlait dans un tintamarre de ferraille et un nuage de vapeur. Je tombai mourant sur un banc…, des gens se précipitèrent sur moi en m'inondant d'eau de Cologne, on me fit respirer des sels anglais, on me tamponna les narines d'ouate. C'était à qui m'entourerait de plus de prévenances, d'attentions, de soins délicats et obséquieux. Je fus touché jusqu'aux larmes. Celles-ci, pourtant se séchèrent bien vite lorsque je vis cette multitude de gens se presser, s'entasser de plus en plus sur moi, et que je sentis l'air me manquer à nouveau. Chacun me tendait la main pour me demander

une rémunération. Celui-ci prétendait avoir ramassé mon chapeau, celui-là ma canne, cet autre mon cigare… enfin n'en vint-il pas un me dire qu'il avait enlevé la peau de banane et nettoyé la place où je m'étais si lamentablement aplati. Au comble de la fatigue et de l'exaspération, énervé par ce populo exotique dont je ne parvenais pas à me dégager et qui me soufflait sous le nez, je vidai rapidement un de mes goussets et lançant en l'air au-dessus de leurs têtes une poignée de menue monnaie ils me lâchèrent aussitôt pour se précipiter dessus. Pendant que pêle-mêle ils se vautraient les uns sur les autres, se déchirant, s'égratignant pour s'arracher ces quelques pièces, moi, Marius Bouillabès, qui ne perds jamais la tête, je me relevai soudain et rapidement m'enquis de la direction qu'avait pris ce train de malheur. Ce me fut une bien douce satisfaction d'apprendre, de la bouche même du chef de gare, qu'il s'en allait d'une seule traite à Bénarès, son point terminus. Ça limitait le champ de mes recherches.

« Vous comprenez bien, mon cher ami, que ce n'était pas toutes seules, et dirai-je « proprio motu », que mes bottes prenaient des cabs et se payaient des sleeping-cars, il y avait un gentilhomme dedans, c'était une chose certaine et il s'agissait de le retrouver…

« Je rongeai mon frein pendant les deux heures qu'il me fallut passer en gare pour attendre le départ du train suivant.

« Par égard pour vos oreilles, je ne vous répéterai pas tous les jurons dont je fis retentir le hall. Il y en avait d'arabes, de brésiliens, de scandinaves, de javanais…, les plus nombreux et non les moins puissants furent les provençaux ; je continuai ce soliloque jusqu'en gare de Bénarès, où j'arrivai, enfin !

« Dès le lendemain, je me mis à parcourir la ville, comptant sur ma bonne étoile pour me faire retrouver mes précieuses bottes.

« Plusieurs jours se passèrent sans résultat.

« L'espérance avait fait place au découragement.

« Mes démarches avaient été d'abord mathématiques, stratégiques, si j'ose dire ; mon cerveau fatigué alors n'avait plus la force de raisonner ; j'allais devant moi musant dans les rues, perdant peu à peu l'espoir, pris du plus vif découragement.

« Un jour, j'entendis parler du temple de Durga, un des plus beaux édifices de la ville sacrée.

« Construit en pierres, il est peint, de la base au sommet, d'ocre rouge, rappelant ainsi la couleur du sang, vision particulièrement agréable à la farouche déesse. Ce temple est plus connu des Européens sous le nom de temple des Singes ; on me raconta à ce sujet les choses les plus curieuses.

« Au milieu de jardins charmants, aux arbres séculaires, il a été bâti au IXe siècle, à ces extraordinaires dieux : messieurs les singes ; mais, loin de l'habiter, ceux-ci vagabondent dans les bosquets d'alentour, se nourrissant comme il convient des offrandes de leurs adorateurs. Ce ne sont point des cierges, ni des « ex-voto » qu'on leur offre, mais bien des bananes, des mangues, des noisettes, du maïs et autres babioles dont ils se montrent très friands.

« Je vous ai dit qu'ils gambadaient en liberté ?

« Vous êtes habitués en Europe à voir les singes en cage ? Ce sont les hommes, et plus souvent des femmes, qu'on voit dans ce singulier lieu, à travers des grillages et des barreaux. Les marchands de denrées à singes, qui pullulent autour du temple, sont obligés, pour garantir leurs marchandises, de s'enfermer dans des cages, afin de se préserver de ces gourmandes divinités. »

———

CHAPITRE VII

LE SINGE VOLEUR

« Alléché par l'idée de voir ce spectacle récréatif, je me rendis au temple de Durga. C'était jour de grande fête, l'affluence des fidèles était considérable. À peine visitais-je depuis quelques instants les diverses curiosités qui s'accumulaient en cet endroit, que mes yeux, par je ne sais quel hasard, se portèrent sur un gentleman qui boitait très légèrement. C'était pitié de voir cet homme, de mise fort recherchée, à la figure noble et sympathique, affligé de cette claudication qui paraissait, il est vrai de dire, due à l'élégance un peu surannée d'enfermer ses pieds dans une chaussure trop étroite pour eux.

« Vous savez que nous autres, Marseillais, fils de la Grèce, avons des puretés de formes telles que le Narcisse de Pompéi n'a rien à nous reprocher ? J'ai le pied fin et je m'en vante, ce n'est point un Anglo-Saxon qui pourrait lutter avec moi. Or, mon ami, quand j'envisageai les pieds de ce monsieur, je reconnus… mes propres bottes. Enfin !!!

« Une seule chose me gênait, l'air d'honnêteté du gentilhomme, sa flânerie de touriste au temple de Durga Khound étaient pour moi des symptômes indiscutables de son innocence absolue dans le vol dont j'avais été victime.

« Il s'agissait donc d'entrer en conversation avec lui et de lui faire admettre mes droits de propriété sur une partie de son vêtement, mais tout cela me paraissait fort difficile, car, comment, à propos de bottes, était-il possible d'entrer en conversation avec un étranger.

« Tandis que je ruminais sur la façon de vaincre cette difficulté, je fus tout à coup entouré d'une procession de fidèles bouddhistes, de vaches sacrées, de prêtres, de singes, de bayadères…, étendards au vent, palmes agitées, de troupes de musiciens et de danseuses, par la foule

accourue de toutes parts pour admirer ce merveilleux spectacle ;

je fus séparé de celui que je suivais et bousculé par la cohue ; je finis par en sortir, brisé, ahuri.

« Je cherchais mon porteur de bottes, en vain parcourus-je tout le temple ainsi que les chapelles éparses dans les jardins ; enfin, n'en pouvant plus, aspirant à quelques moments de repos, je m'enfonçai dans un taillis, abri délicieux d'ombre et de fraîcheur.

« Quel spectacle s'offre à ma vue !

« Sur le dos, le nez dans son casque colonial, mon gentleman ronflait à pleins poumons.

« Pour goûter un repos sans mélange, il avait enlevé mes bottes et les avait posées à côté de lui sur le satin vert du gazon.

« Qu'elles étaient belles ! Combien le soleil jouait agréablement sur les spasmes de la peau de crocodile ! Vrai, il en avait pris le plus grand soin, je comptais l'en féliciter à son réveil. Je ne faisais aucun bruit, je couvais mes bottes de l'œil, ayant un plaisir délicat, à rentrer lentement et, pour ainsi dire, à petites gorgées, dans leur propriété.

« Bien mal m'en prit. « Il ne faut jamais renvoyer au lendemain ce qu'on peut faire la veille. » Car, au moment où avec délicatesse j'allais réveiller le dormeur, du sophora dégringole un singe, trop civilisé, hélas ! qui, sans plus de façon, s'empare des bottes, regagne son abri verdoyant et, là-haut, quelque peu gauchement, se les passe l'une après l'autre. Je poussai un grand cri ! À ce cri, se réveilla le dormeur ; je lui narrai rapidement notre mésaventure ; je lui parlai de *ses* bottes, de *mes* bottes ; ce mélange de possessifs eut le talent de troubler complètement son intellect. Il fallut s'y reprendre à je ne sais combien de fois pour lui faire comprendre la vérité.

« C'était un homme fort aimable, nous nous présentâmes l'un à l'autre et je sus ainsi que j'avais affaire à lord Lasiesbury.

« Il m'expliqua, d'une façon bien banale, comment ces bottes avaient été mises en sa possession à Allah-Abad, au Great Eastern Hôtel ; le hasard l'avait fait le locataire temporaire de la chambre nᵒ 47, que j'avais quittée quelques jours avant.

« Le matin de son départ pour Bénarès, après qu'il eut mis la veille à la porte de sa chambre, pour le boy décrotteur, ses chaussures personnelles, il les avait trouvées au moment du départ changées contre les miennes propres ; il n'avait pas de temps à perdre et, pour ne pas manquer le train, il s'était trouvé contraint de chausser celles que le destin lui avait remises. Il ajouta fort courtoisement qu'il ne me tenait nullement rigueur des durillons qu'elles lui avaient causés, car je vous ai dit que j'avais un pied de cendrillon.

« Une seule chose restait inexplicable : comment les bottes volées au cordonnier étaient-elles venues devant le n° 47 du Great Eastern Hôtel ?

« Nous ne perdîmes pas plus de temps à chercher la solution d'un si impénétrable problème.

« Lord Lasiesbury m'offrit de m'aider dans la recherche du singe voleur et nous partîmes aussitôt pour cette expédition.

« Les singes de Bénarès ne sont, ainsi que vous devez bien le supposer, pas du tout sauvages.

« Notre voleur botté était donc resté très tranquillement sur le sophora excelsia ; il ne s'en délogea que lorsqu'il comprit nos préparatifs de poursuite. Gêné d'ailleurs dans cet accoutrement, il perdait sensiblement de son agilité, et je dois avouer qu'il avait l'air plutôt d'avoir voulu faire une aimable espièglerie que d'être un cambrioleur professionnel. Il descendait de temps à autre des arbres, courait dans de petits bois taillis et semblait à ce jeu s'amuser comme une petite folle.

« Attraper un singe à la course est chose malaisée pour un humain, d'autant plus que lord Lasiesbury n'avait les pieds protégés que par de légères chaussettes de soie.

« Quoique mon parrain m'ait donné, sur les fonts baptismaux de Saint-Victor, à Marseille, le prénom de Marius, je crus devoir agir comme si je m'étais appelé Martin, et, comme il eût été, dans ce cas, inutile de partager un manteau, je partageai avec lord Lasiesbury ma paire de chaussures.

« Si la charité y gagna, il n'en fut pas de même de la poursuite. Nous nous en allions à cloche-pied, ce qui n'était pas pour avancer nos affaires.

« Maître singe filait toujours à quelques pas à peine devant nous, fort amusé de notre pantomime.

« À ce jeu, nos forces s'épuisèrent rapidement, lord Lasiesbury tomba moulu sur le gazon, je fis de même.

« Le fait de sauter à cloche-pied dans une chaussure trop étroite n'était pas pour causer de grandes satisfactions à lord Lasiesbury, aussi sortit-il de son unique bottine ; je lui tins aussitôt compagnie, sentant que, par le poids de mon corps, mon pied chaussé s'était légèrement congestionné.

« Le singe était à dix pas de nous.

« Je sais tirer du rifle, je sais lancer le lasso mieux que Buffalo Bill, me servir de la navaja, de l'arbalète comme Guillaume Tell, mais, contrairement à mes compatriotes, je n'ai jamais su lancer une pierre de ma vie. Il n'en était pas de même de mon compagnon, qui atteignit en plein front notre singe au moment même où, par l'imitation et nous voyant nous déchausser, il avait enlevé ses bottes qu'il avait placées devant lui. C'est ainsi que je reconquis mon trésor.

« Je remerciai très cordialement lord Lasiesbury et le quittai peu après en lui abandonnant mes autres chaussures et après la promesse formelle d'aller le voir à Calcutta dès que ma mission serait heureusement remplie.

« Je repris donc le cours de mon voyage si inopinément interrompu et je m'enfonçai dans ce paradis terrestre qu'est l'Inde, pays inoubliable pour qui l'a traversé, tenant de la féerie autant que du rêve. »

———

CHAPITRE VIII

CHEZ LORD LASIESBURY. — SYNCOPE

Le capitaine Marius Bouillabès se fit servir un nouveau cocktail, alluma un second cigare, respira un moment et reprit :

« Je remplis heureusement ma mission, me rendis à dos d'éléphant à Calcutta par le chemin des écoliers ; j'avais besoin, après une aussi chaude alarme, de distractions, de tranquillité et de repos.

« L'Inde, mon cher ami, quel pays de merveilles et d'enchantements ! Tantôt surgissaient à nos yeux ravis de séculaires cathédrales, palais abandonnés enfouis sous d'inextricables essences ; des paons et d'autres oiseaux au rutilant plumage s'en échappaient pour nous apporter dans leur vol les senteurs les plus fines et les plus suaves.

« Puis c'était la forêt vierge dans l'ombre de laquelle nous nous enfoncions durant des heures et des heures sans jamais apercevoir un coin de ciel et pour n'entendre dans le silence que le frôlement de notre monture glissant sur un épais tapis de mousses et de lichens. On la sentait pourtant habitée, vivante cette forêt, mais ses hôtes hypnotisés sans doute dans le bien-être, à cette heure, ne songeaient qu'au repos.

« Là une clairière lumineuse s'étendait au loin, baignée par un étang couvert de lotus et de nélumbos ; des courlis bleus et roses comme ces fleurs s'en élevaient parfois pour se poser presque aussitôt.

« Enfin nous longions aussi des marécages peuplés de grands buffles bleus comme l'ardoise, dont émergeaient à fleur d'eau seulement le mufle et les grands yeux.

« Longtemps je me serais arrêté dans ces pays rêvés, si les fâcheux incidents du début ne m'avaient fait perdre un temps précieux.

« À mon arrivée, j'appris, avec la plus vive satisfaction, de mes mandataires, que l'affaire avait réussi au delà de leurs espérances, et je fus couvert de compliments et d'or.

« Tranquillisé de ce côté, je songeai à tenir la promesse faite à mon nouvel ami et à aller lui rendre visite.

« Quel gracieux accueil je reçus, je ne saurais trop le dire encore aujourd'hui.

« Le destin qui mène les desseins des hommes a souvent
des combinaisons étranges.

« Comme dans toutes les affaires secrètes, j'ignorais pour
qui j'opérais, de même que la plupart de mes commettants
ne connaissaient pas mon existence. Tout étant
heureusement terminé, les voiles avaient pu être levés, et,
quand j'arrivai chez lord Lasiesbury, je fus joyeusement
surpris d'apprendre de sa bouche qu'il était de ceux pour
qui j'avais agi sans le savoir.

« La réception fut, vous le comprenez, des plus cordiales, des plus affectueuses. J'eus l'honneur d'être présenté à sa sœur, miss Angelica Lasiesbury, imposante personne qui n'avait conservé de sa jeunesse que l'illusion de se croire toujours jeune.

« La journée se passa d'une façon charmante ; la villa qu'ils habitaient, quoique un peu écartée de la ville, était confortable et luxueuse, de merveilleux jardins l'entouraient.

« Au coucher du soleil, je parlai de me retirer ; mes amis ne voulurent pas m'entendre, ils exigèrent que je devinsse leur hôte pour de nombreuses semaines.

« D'ailleurs, ils avaient tout prévu, et mon bagage qu'on était allé chercher à l'hôtel était déjà installé dans une chambre. Devant une pareille amabilité, tout ému de sentiments aussi délicats, je me laissai volontiers faire et m'installai sans plus de façon dans leur villa.

« Les jours qui s'écoulèrent là furent tissés de soie et d'or ; il n'était d'attentions que n'imaginassent mes hôtes pour me rendre la vie exquise. Les promenades, la chasse, les parties de pêche, tout était sujet de distraction.

« Une seule ombre au tableau : miss Angelica appartenait à une société de tempérance. Le cigare et le whisky n'avaient point leur entrée dans cet Eden ; j'en pâtissais fort, miss Angelica m'en plaisantait et parlait de me convertir. Elle m'avait, dès le début, paru charmante, quoique un peu mûre et desséchée.

« Je m'étais informé auprès du Bengal-Bank du compte de la jeune personne à son agence, et la réponse que j'en avais reçue m'avait fait trouver chez elle de plus nombreuses et solides qualités. Je crois, à la vérité, que cette lettre de la banque était arrivée à la villa avec une sœur jumelle qui avait dû mettre mes hôtes au courant de mon indiscrétion.

« Ils ne le prirent point mal, ce me sembla, car, à partir de ce jour-là, miss Angelica me parla avec une certaine affectation des plaisirs, des joies de famille et me déclara même, le soir, en passant dans le hall, qu'il était après tout avec le ciel des accommodements et qu'un verre de whisky accompagné d'un unique cigare ne devait pas, à tout prendre, causer l'irrémédiable perte du pécheur.

« Alors ce fut pour moi le bonheur complet, je sentis mon cœur tout plein de reconnaissance pour lord Lasiesbury, d'un sentiment peut-être plus tendre pour miss Angelica.

« Elle-même semblait n'avoir de soin que pour moi et me témoignait sans cesse les preuves d'une réelle et vive sympathie.

« C'est toujours près du Capitole que se trouve la roche tarpéienne.

« Peu à peu il me sembla que le caractère de miss Angelica s'aigrissait à mon égard ; quoique toujours d'une discrétion parfaite, elle avait des mots à double entente sur les ivrognes et les fumeurs.

« Je n'y compris rien tout d'abord, car ce n'était qu'avec son autorisation absolue que, chaque soir, je humais un seul petit verre de ma liqueur favorite et que je ne fumais qu'un seul cigare qu'elle m'offrait elle-même de son caisson venu de Manille.

« Le changement dans le caractère de miss Angelica avait coïncidé, par une singulière fortune, avec un changement dans les habitudes que je ne m'expliquais point. Alors que jadis on m'offrait whisky et cigare jusqu'à extinction de leurs contenus, et Dieu sait si j'étais discret ! je vous l'ai déjà dit ; tous les jours, oui, tous les jours, entendez-vous bien, on débouchait une nouvelle bouteille et on ouvrait une nouvelle boîte de cigares.

« Le personnel domestique choisi par la maîtresse de céans était inféodé à sa société de tempérance et au-dessus de tout soupçon. Que pouvait-il donc se passer ?

« J'acquis bientôt la certitude, par quelques mots plus vifs de miss Angelica, que j'étais accusé de me lever la nuit et de venir dans le hall me livrer à mes détestables passions.

« En effet lord Lasiesbury me demanda un soir un entretien et, les larmes dans la voix, il m'avoua que quelque heureux qu'il eût été de me donner le doux nom de beau-frère, il était obligé d'y renoncer devant l'antipathie manifestée par sa sœur à l'égard de mes fâcheuses habitudes.

« C'était la ruine de toutes mes espérances, de tous mes rêves. J'eus beau me défendre, jurer sur tous les dieux de l'Inde, et Dieu sait s'ils sont nombreux, que je n'étais pour rien dans les disparitions miraculeuses qui s'opéraient dans le hall, il secouait doucement la tête semblant ne pas en croire un mot.

« Cependant, en galant homme, il me déclara qu'il était persuadé de la vérité de mes paroles, mais qu'il ne fallait pas espérer toutefois convaincre miss Angelica de mon innocence, car elle était un peu entêtée, et que le mieux était de renoncer à nos projets.

« Je passai une nuit horrible, il me fallait quitter à tout jamais le lendemain cet asile délicieux, ce port de salut, où j'avais espéré couler d'heureux jours entre une épouse adorée et un ami charmant.

« Je roulais les plus tristes pensées dans ma tête au sein de la solitude nocturne, quand, tout à coup, j'entendis distinctement dans le hall, sur lequel s'ouvrait ma chambre, le frottement d'une allumette ; je m'y précipitai… que vis-je, grand Dieu !

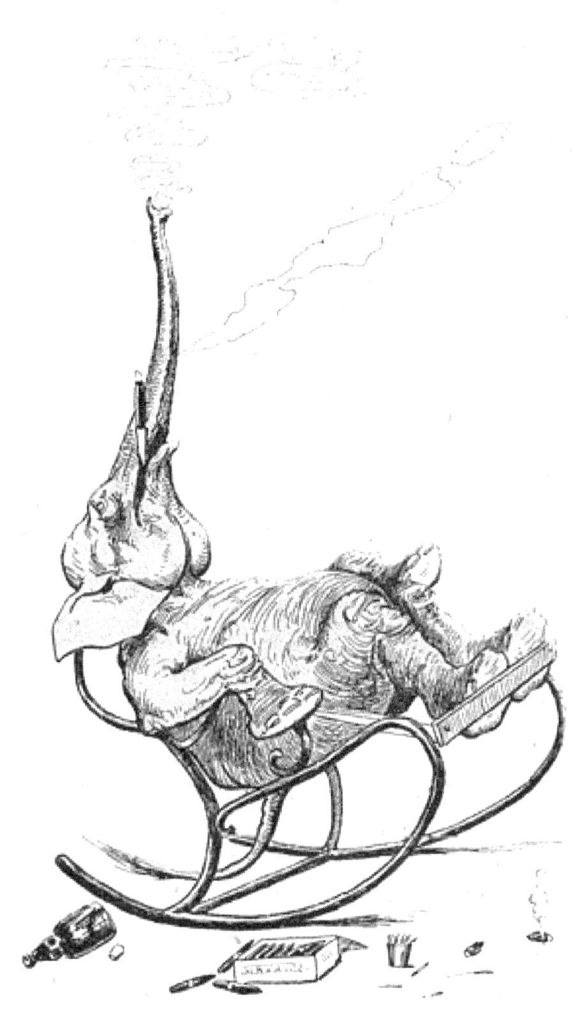

Dans le rocking-chair même que j'avais quitté peu auparavant, je vis, ô terreur ! dans le court instant de la flambée de l'allumette… un éléphant ! Jingo, mon vieux

Jingo en personne, allumant un cigare, tandis que la bouteille de whisky gisait à ses pieds…

« Je m'évanouis. »

———

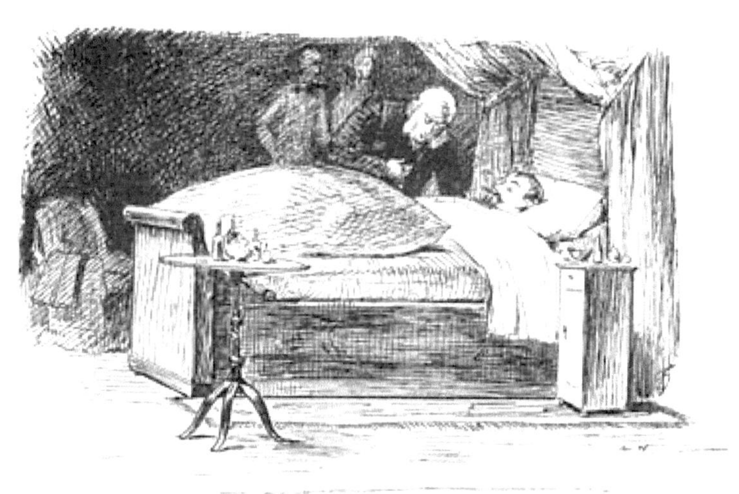

CHAPITRE IX

LA CLEF DE L'ÉNIGME. — ANGOISSE FINALE

« Quand je rouvris les yeux, j'étais dans un lit ; dans la pénombre de la chambre, dont les stores étaient baissés, je reconnus lentement et peu à peu lord Lasiesbury, miss Angelica et un personnage vêtu de noir que je compris être un médecin.

« Sur la table, près de mon lit, je distinguai toute une pharmacie. L'homme noir me tâtait le pouls et, quand, difficilement, je pus articuler un mot, un mot faible comme le dernier souffle d'un mourant, je murmurai : « C'est un éléphant… »

« J'entendis le docteur dire aux assistants que j'étais en proie au délire, et mis Angelica remarquer aigrement que j'insultais la faculté en traitant de pachyderme un éminent savant, et que, même au seuil de l'éternité, la mauvaise éducation se faisait encore jour. Je n'avais pas la force de me défendre, de m'expliquer ; je refermai les yeux, il me semblait descendre dans le néant comme un naufragé qui coule à pic. J'entendis cependant les paroles du praticien : depuis trois jours, paraît-il, je n'avais pas repris connaissance, le cerveau avait été profondément atteint, et seuls le repos, le silence et la solitude absolus pouvaient avoir raison de cette grave secousse.

« Je restai huit jours dans cet état ; à peine parfois, entendais-je un domestique poser sur ma table quelques remèdes, quelques nourritures soigneusement choisies. Grâce à ce régime cellulaire, dont j'appréciai les bienfaits, peu à peu mes esprits me revinrent.

« Je profitai, dans cette tranquillité, du retour de la faculté de penser, pour chercher l'explication de ces aventures extraordinaires.

« Vous rappelez-vous, ami Gusson — il y a de cela déjà bien longtemps, — de cette conversation que nous eûmes, au moment de mon départ, sur l'intelligence des animaux ? Vous y émîtes cette opinion fort sensée que la cohabitation constante d'un animal avec son maître fait naître une sympathie d'idées qui fait qu'ils se comprennent dans les plus petits détails, qu'ils en arrivent même à se ressembler physiquement.

« D'autre part, j'avais dit moi-même que si l'intelligence des animaux peut aller jusqu'à la plus grande perfection, jusqu'à s'approcher de l'humanité, il est toujours à craindre qu'arrivée à ce sommet, leur intelligence roule dans les précipices humains.

« Reprenant votre thèse de sympathie, je dirai, moi, aujourd'hui, que cette sympathie peut aller jusqu'à la télépathie.

« Comment expliquer autrement la possibilité que j'eus de découvrir le mot de l'énigme ?

« L'obscurité dans laquelle je vivais, la solitude, le jeûne, la secousse ressentie au cerveau me mirent dans les conditions les meilleures pour entrer en relations magnétiques avec mon vieux commensal Jingo, qui devait être dans le voisinage.

« Tout s'éclairait alors, toutes mes mésaventures avaient Jingo comme point initial ; et pour ne parler que de celle que je viens de vous raconter. C'était lui, Jingo, qui avait volé mes bottes, qu'il avait reconnues chez le cordonnier anglais, et qu'aimablement il était venu placer à la porte de mon ancienne chambre.

« Jingo m'aimait, ses vices seuls l'avaient perdu. La honte de ses anciens méfaits l'avait seule empêché de venir se jeter à mes genoux pour implorer sa grâce, lorsqu'il m'avait reconnu à mon retour dans l'Inde.

« Il m'avait suivi discrètement, heureux de ma seule vue, réjoui de revoir celui qui l'avait nourri, qui l'avait bercé. Mais, comme il arrive souvent dans la vie, ce fut l'histoire du « pavé de l'ours ».

« Chaque fois qu'il voulut m'être utile, c'était une nouvelle

tuile qui me tombait dessus.

« Que n'avait-il laissé les bottes sur l'étagère du cordonnier !

« À mon insu, il m'avait vu m'installer chez lord Lasiesbury. Jingo dut en avoir une joie profonde, son cœur aimant n'avait plus aucun souci de me perdre de vue.

« Les soucis sont souvent des causes de vertu.

« N'ayant plus d'inquiétudes en tête, Jingo, trop perfectionné, devint véritablement un homme ; il reprit ses habitudes d'ivrognerie, et, ma foi ! c'était peut-être encore l'amitié qui le guidait en cela ; il buvait ma boisson favorite, il fumait les mêmes cigares que pendant son enfance, tout cela lui parlait de moi.

« Quand je fus rétabli et que je pris congé de lord Lasiesbury, je lui dis quelques mots de ce qui précède ; il rompit les chiens, m'assura que je ferais mieux de rentrer en Europe et émit l'opinion que le brûlant soleil de l'Inde m'avait été fort préjudiciable.

« Je compris… il me croyait un peu fou.

« À mon départ, je n'eus pas l'honneur de présenter à miss Angélica mes hommages ; elle me fit dire qu'elle était souffrante et qu'elle me souhaitait qu'un très long, très long séjour en Europe rétablisse complètement ma santé.

« Voilà, mon bon ami, mon histoire lugubre, vous le voyez ?

« Pour échapper à Jingo, je suis revenu par la Chine et la Sibérie, je descends du train de Pétrograd et je retourne définitivement à Marseille, pour n'en plus sortir. Là, au moins, il n'y a pas d'éléphant.

« Je me livrerai à la pêche à la palangrotte et je vous invite à venir manger une bourride de ma façon à mon cabanon.

« Ah ! j'oubliais. Cette miss Angelica, qui avait si mauvais caractère, savez-vous pourquoi elle était membre d'une société, de tempérance ? Tout bonnement, mon bon ! parce que, jeune, elle avait abusé du whisky et en avait contracté une maladie d'estomac.

« Lorsque le diable devient vieux, il se fait ermite. »

. . . .

— Votre histoire m'a vivement intéressé, mon cher Bouillabès, et je vous remercie de votre cordiale invitation ;

j'espère aller cet hiver à Monte-Carlo et je vous promets de m'arrêter à Marseille pour vous voir et déjeuner avec vous.

« Mais, dites-moi, au fait, avant de vous quitter, j'y pense… Vous n'avez pas lu les nouvelles d'aujourd'hui ? On annonce que, de Calcutta, il est envoyé au Jardin zoologique de Marseille, qui en est dépourvu, un merveilleux éléphant qui porte le nom de Jingo ! Ne serait-ce pas votre boy qui aurait intrigué pour venir vous retrouver ? »

A. VIMAR.

ACHEVÉ D'IMPRIMER

PAR

CH. HÉRISSEY, D'ÉVREUX